Traduit du japonais par Diane Durocher

© 2018, l'école des loisirs, Paris, pour l'édition en langue française
© 2009, Tomoko Ohmura
Titre de l'édition originale : « Wanta no Dôbutsu Kakurembo »
(Kyoiku Gageki Co., Ltd., Tokyo, Japon, 2009)
Édition française publiée en accord avec Kyoiku Gageki Co., Ltd.
par Japan Foreign-Rights Centre
Loi numéro 49 956 du 16 juillet 1949 sur les publications
destinées à la jeunesse : janvier 2018
Dépôt légal : mars 2019
Imprimé en France par Pollina à Luçon - 88479
ISBN 978-2-211-23319-4

Tomoko Ohmura

Le cache-cache des animaux

l'école des loisirs

11, rue de Sèvres, Paris 6e

Aujourd'hui, le chien joue
à cache-cache avec ses amis.
C'est à lui de les chercher,
mais tu peux l'aider !

– 1, 2, 3, 4, 5, 6, 7, 8, 9, 10...
Vous êtes bien cachés ? J'arrive !

Qu'y a-t-il dans ce placard ?
Toutes sortes d'habits,
avec des motifs différents.
Regardons-les attentivement...

– TROUVÉ !

– J'étais pourtant bien caché ! dit le tigre.
– J'ai reconnu la forme de tes rayures,
explique le chien.

Vite, allons chercher les autres !

Le chien va inspecter l'entrée,
passe devant les chaussons... Oh !

– TROUVÉ !

– Comment as-tu deviné ma cachette ?
demande le lapin, un peu déçu.
– Tes oreilles dépassaient, répond le chien.

Il reste un animal à trouver !

Qui se cache dans la chambre ?
Une girafe ? Ou une vache ?
Que fait ce coussin blanc sur le canapé ?
Il n'était pas là tout à l'heure…

– TROUVÉ !

– Tu es très fort ! dit le mouton.

– Un coussin n'a pas de cornes, dit le chien,

content d'avoir trouvé tous ses amis.

– Et maintenant, allons goûter !

– Regardez ! On dirait qu'il y a quelqu'un dans la cuisine, s'étonne le tigre.

– C'est bizarre...

– AH ! UN MONSTRE !

Une immense silhouette noire les regarde.
Le chien allume la lumière...

... et il surprend sa sœur et son frère
qui mangent des beignets en cachette !

– Euh, on a commencé sans vous...
disent les deux gourmands, gênés.

– On est arrivés à temps, dit le chien.

Il en reste assez pour tout le monde.

On rejoue à cache-cache après ?

– Oui ! répondent tous les amis.